시를 사랑하는

_____님께

풍경 소리에 어세를 버리다

초판 1쇄 발행 2014년 5월 25일
초판 1쇄 인쇄 2014년 5월 20일

지은이 김선호
펴낸이 김용태 **펴낸곳** 이룸나무
편집장 김유미
출판신고 제305-2009-000031 (2009년 9월 16일)
주소 130-823 서울 특별시 동대문구 용두동 236-1 대우아이빌 101동 106호
전화 02-3291-1125 | **E-mail** iroomnamu@naver.com
마케팅 출판마케팅센터 031-943-1656
가격 10,000원
ISBN 978-89-98790-26-4 03810

풍경 소리에 어제를 버리다

이룸나무

시를 엮으며

요동돼지를 안고

옛날 요동에서 머리가 흰 돼지새끼가 한 마리가 태어났습니다. 주인이 하도 신기해서 왕에게 바치고자 하여, 돼지를 안고 하동을 지나가게 되었습니다. 그런데 하동에는 흰 돼지가 천지에 널려 있었습니다. 주인은 너무 부끄러워서 얼른 돌아왔다고 합니다.

이것은 여팽총서(與彭寵書)에 나오는 요동백시(遼東白豕)라는 고사입니다.

제 글이 혹여 머리 하얀 돼지새끼가 아닐까 부끄럽기 그지없습니다.

살아갈 날이 아직은 무한히 많이 남아있고, 또 글을 쓸
일도 무한히 많이 남아 있는 지금 머리만 하얀 돼지새끼가
아니라 몸통도 하얀 돼지새끼가 태어날 수 있게, 깊은 생
각 속에서 글을 쓰도록 노력하겠습니다.

시를 쓰는 진정성과 의식의 깨우침은 물론 여러 가지
로 도움을 주신 민용태 교수님께 진심으로 감사드립니다.

2014년 늦봄
김선호

C·o·n·t·e·n·t·s

○ 제 1 부 ○ 고창에 뜬 상현달

고창에 뜬 상현달	12
석모도에서 1	15
석모도에서 2	17
섬강(蟾江)을 따라	19
섬진강 친구 1	22
섬진강 친구 2	24
세월	26
아차산을 오르며	27
안드로메다 푸른 옷소매	30
억새 화살	32
영흥도의 하루 1	34
영흥도의 하루 2	36
유월 초엿새	38
전등사 짚불	39
지평리(砥平里)에 오월이 떠나고	42
청포대에 서서 1	44
청포대에 서서 2	46
한강(漢江)에 내리는 비	48
훌쩍 떠나보세요	50
흰눈 내리는 두물머리에서	52
달빛에 잠 깨어	54
동항리(東恒里) 걸으며	55

∘ 제 2 부 ∘　무지개로 돌아오소

명자나무꽃 60

더운 여름 62

등명락가사 63

무지개로 돌아오소 65

빙어 66

어리연(蓮) 67

정동진에서 69

찬바람 71

풍경(風磬)소리에 어제를 버리다 1 72

풍경(風磬)소리에 어제를 버리다 2 74

헤어진 연인과 새털구름 78

12월과 1월 사이 80

∘ 제 3 부 ∘　꿈

꿈 1-1 84

꿈 1-2 85

꿈 2-1 87

꿈 2-2 88

꿈 3-1 90

꿈 3-2 92

꿈 4 93

꿈 5 96

꿈 6-1 ·········· 99

꿈 6-2 ·········· 100

꿈 7 ·········· 102

꿈 8 ·········· 103

남도의 하루 1 ·········· 106

남도의 하루 2 ·········· 108

덧들어버린 잠 ·········· 110

망상(妄想) 1 ·········· 112

망상(妄想) 2 ·········· 114

연우(煙雨)의 입맞춤 ·········· 116

아쉬움의 무늬 ·········· 119

음악 ·········· 122

편린(片鱗) 1 ·········· 124

편린(片鱗) 2 ·········· 126

편린(片鱗) 3 ·········· 128

편린(片鱗) 4-1 ·········· 130

편린(片鱗) 4-2 ·········· 132

편린(片鱗) 5-1 ·········· 134

편린(片鱗) 5-2 ·········· 137

편린(片鱗) 6-1 ·········· 139

편린(片鱗) 6-2 ·········· 141

하얗게 타버린 재 ·········· 143

제 1 부

고창에 뜬 상현달

낮에 뜬 손톱만한 상현달이

오늘도 어제처럼

고창에 머물러 있습니다

고창에 뜬 상현달

멧새도 배롱나무 뒤 숨어
찌는 듯 더위에 숨 고르는데
8월의 이글거리는 신작로는
오가는 버스마다
언뜻언뜻 물 신기루 만듭니다
낮에 뜬 상현달은
엄지손톱만 하게 작아져
소잔등 다투는
소나기구름 뒤로 들며 날며
염천의 하늘에
달 뜬 것조차 희미하게 합니다.

바늘로 찌르는 햇살이
하늘 가득 쏟아져
오가는 사람마저 뜸해져 버린 동네 어귀
아무렇게나 얼기설기 쳐진 대나무 울타리
그 개구멍 아래
씨암탉 드나들 듯
여기저기 솜사탕처럼 피어난
한 줌 두 줌 수국
바람 불어 또

개구멍으로 이리저리 드나듭니다.

행여 전기줄 걸릴까

상투 잘리듯

윗둥이 무식하게 많이 잘려나간

심원면 면사무소 앞 난장이 메타세콰이어는

전신주 반도 안 되는 모습으로 무심히 서있습니다

개울물 소리

청아한 새소리처럼 동네 아이들 부르지만

아이들 물장구치는 소리는 끊긴 지 오래

그저 검게 그을리고

깊게 세월을 담은

할아버지 얼굴 주름살 따라

심드렁한 담배 연기만 피어오르고

선운산 방풍장아찌와

산야초장아찌 담그시는

할머니의 고단한 그림자만

졸졸졸

개울에 비칩니다.

나는 여기

시간의 나그네로 지나갑니다
고향을 그리는 이
가슴에 평생을 그리움으로 담고
또한 꿈꾸는 시간으로 담고
하전 만돌리 염전 위로
선듯 부는 바람에 살아있음을 느끼는 곳
거기 드넓은 갯벌의 속삭임
더 이상 아쉬울 것도 없고
더 이상 욕심날 것도 없는 곳.

낮에 뜬
손톱만한 상현달이
오늘도 어제처럼
고창에 머물러 있습니다.

석모도에서 1

'나비처럼 날아 벌처럼 쏘듯'
손에 든 새우깡 채가는 갈매기 더불어
외포리 떠난 나룻배
바닷바람과 노닐다
석모도 석포나루 머물면
꿈같은 해무 아득하다.

전득이 고개 넘어
가만히 서있기 버거운
가파른 새가리 고개 몸을 맡긴다
버스정류장 옆 산채비빔밥집
경자 언니 손님 부르는 소리
귓전에 자글거리고
보문사 오르는 길에는
눈을 반기는 산스크리스트어 발문

한 걸음 한 걸음 발길따라
예불 스님 독경소리
겨우내 마른 떡갈나무 낙엽 흔든다
400년 된 삼산면 은행나무
하늘을 떠받치고

정수리에 동전 붙인 천인대 오백나한
오순도순 세월 이야기에
듣고 있던 와불
귀가 웃는다.

석모도에서 2

눈썹바위 쳐다보는 돌계단 오르면
송진 냄새 흩어지는 산길 이어지고
난간에 올망졸망 매달린 병 속에
소박한 우리네 소망 적은 글
흐릿한 시간 속에 머문다
1928년에 태어나신
암벽 관음좌불
그 소박한 소망 위해
매일 매일 서해 바람 부른다.

법음루 법고 소리 멈출 때
홍예문 나서면
비탈 아래 좌판
짚으로 엮은 꾸러미에
오리알 하얗고
해무 걷힌 하늘 파랗다.

선착장 가는 길
구불구불 신작로 곁
먼지 풀풀 나는 바싹 마른 땅
실톱같은 이파리를 열십자로 힘겹게 뻗은 냉이

봄의 허리 부여잡는다
구멍 숭숭난 뻘에
용골을 묻은 밴댕이잡이 배는
보문사 와불 닮아
오늘도 흰구름 베고
비스듬히 누워 있구나.

섬강(蟾江)을 따라

4월의 마지막 날
새삼스럽지도 않은 아침 남실바람
엷은 비취빛 목도리
뽀송한 얼굴의 아이들 마음처럼 흔들립니다
달리는 차창 너머
강물 위 흩뿌려져 일렁이는 햇빛 조각
끝도 없이 비췻빛 나더이다.

다다르는 능선따라 산과 들과 길
스산했던 추위의 잔해 털어버리고
연두색과 푸르름의 너울 섞습니다
여기저기 붉고 뜨거운 꽃 피워내
산은 산마다 들은 들마다 길은 길마다
들뜬 마음처럼
꼴라쥬 되어 있습니다.

이제 막 새순으로 올라오는
초록 잔디 밟으며
때로 다가서 서로 속삭이는 들새들의 귓속말
가슴 따뜻해지고
주고받는 눈망울엔

하지 못한 수많은 이야기 머뭅니다
어깨 너머 꿈처럼 생각이 너울거리고
어렴풋 생각했던 것
꿈처럼 이루어지고
또 손을 떼면
꿈처럼
해미처럼
멀어졌습니다.

그렇게 하루
섬강(蟾江)에 부는 한줄기 바람처럼
잡을 수 없는 시간으로 지나갑니다.
아무렇게나 웃자란 풀 사이
달빛 들면 쏘가리 숨는다는 섬강(蟾江) 따라
돌아오는 귀향길,
어둑한 아쉬움 산자락에 남기면
또 다른 어둑한 산자락
두꺼비처럼 다가섭니다.

순간처럼 투명하게 부딪는 구름에
숨이 멎을 듯

찰나처럼 지나가버린 땅거미
너무나 많은 생각으로
한참을 또 생각하는 어둠에
거기 또 남은 이야기 침묵으로 전해집니다
그 무거운 생각과 느낌과 감정과 시간
단지,
손가방 장식에 걸려 빠진
가늘디가는 비취빛 한 올 실에 매달려
아쉬움으로 머무는 것
또 그렇게 아쉽더이다.

섬진강 친구 1

섬진강 맞닿은
빛고을 어느 자락에서 태어나
섬진강 꽃 그림자를 따라다니다
이제 하늘로 출가하여
섬진강에 뼈를 묻은 너.

먼 산 정수리에 노을이 지고
고단한 밤이 넘어 온다
차디 찬 강물 속
다슬기 찾는 아낙의 손 스쳐가는
시리디 시린 바람 따라
어둠의 꽃 그림자 따라
천천히 다가오는 너의 그림자.

기정과 압록을 따라 강물은 흐르고
기찻길도 나란히 흐르고
그 아래 석축을 덮은 담쟁이넝쿨만큼이나
핏빛으로 물든 불우했던 젊음의 초상
인생을 말하는 시간에
안으로 안으로만 자신을 태우던 너
지금

너의 시간과 꿈 모두 멈추고
섬진강 달빛 아래 고요히 잠드는구나.

여기 파란 소주병 하나 들고
너를 만난다.

제1부 · 고창에 뜬 상현달

섬진강 친구 2

네가 좋아하던 시
아쉽게도
시간의 너울이 한참이나 지나가버린 지금
호곡나루 줄배 스쳐간 강물처럼
내가 너의 시를 지닌 게 없네
너와 함께했던 젊은 날의 기억
아무렇게나 부서져 흩어져버린
뚝방길 뿌연 먼지처럼
너무도 희미해져버렸네.

깊은 가을
잎사귀 하나도 남아있지 않은
황량한 강변 벚꽃 길
이제
앙상해져버린 너의 그림자
그저 한 걸음 한 걸음 걸을 뿐

그런데
평생 갈구하던
깨달음을 얻고는 간 것인가.

섬진강 자락에
여전히 청년의 그림자로 남아선 너
섬진강 모래사장 재첩껍데기에
인생을 버리고 간
시린 손

네가 그리운 가을이 외로워
문설주 기대서서 문풍지 흔들어 운다.

세월

아! 바람이 소슬하구나
아! 달이 이울고 있구나
서리맞은 은행잎은 누렇고
우리네 생각은
밤이슬에 촉촉히 젖는데
서걱대며 부비는
대나무잎 소리에
영혼마저 흔들리고 있구나
돌아선 세월의 뒷모습에
부서져 버리는 가슴
아!
가을이 나그네인줄 알았더냐
우리가 나그네인 것을…

아차산을 오르며

때 아닌 낮은 구름
습해져버린 너븐나루
대교 밑 일렁이는 물결 따라
수변공원은 엷은 안개 묻히고
물가로 기운 버드나무
가시박 뒤덮여 신음한다
토끼굴 지나 올라가는 아차산에
부용이 진 자리 옆으로
길갱이풀
이리 꼬리처럼 살랑댄다.

산길 초입 병풍처럼 늘어선 송림
그 아래
서늘한 기운 어리고
나뭇가지 사이사이로 가끔 드는 햇살이
네온처럼 비집는다
늘 푸르른 맥문동 까만 씨앗 내밀고
산행길 오른 수많은 군상의 발자국 따라
제 몸 추는 일렁임.

영화사 목탁소리 산길 재촉하고

떡갈나무에는 세월의 더께 붙어
푸르른 이끼로 산다
쑥부쟁이 늘어서
흐르다말다 하는 계곡물 지나
시간이 멈춰버린 바윗길 오르고 나면
흙먼지 날리는 황톳길 반긴다.

길고랑길 따라
산객에 밟히고 밟힌 소나무 뿌리들
등가죽은 수십 년 넘게 하늘을 보고
아래로 또 아래로 물길 패여
움푹움푹 황톳가루 담는다.
풀 섶 한 곁 어둠 속
웃자란 고사리
길따라 지나는 천년의 이야기 듣는다.

쌓이고 쌓인 시간 속
성곽은 묻히고
남겨진 돌무더기엔
이끼마저 시간 속으로 사라져
어둑한 흔적과 깊은 그늘만 후세에 남긴다.

멀리
광진과 송파의 마천루 아파트
하나씩 둘씩 천천히
내일을 위한 불을 켜
한강에 드리운다.

안드로메다 푸른 옷소매

너에게
광년의 의미는
얼마나 있는 것일까
먼지가 바람에 날린다
페르세우스 자리로 모이는
별똥별 세레나데를 보며
태어날 때 가져온
엉덩이 안테나, 겨드랑이 안테나 쳐들고
교신을 하는 너는
안드로메다로 무엇을 요구하는 것일까
무엇을 아는 것일까.

별의 이야기.
시간이 얼마나 되었을까.
그리고
거뭇한 어둠
커튼처럼 걷어내니
바다보다 더 짙은 바다하늘
현기증으로 다가온다
꿈보다 더 꿈같은
안드로메다의 하늘에

그냥 서 있다
푸른 옷소매에
코발트빛 물이 든다.

억새 화살

늦가을
산마다 들마다
허리 이곳저곳
수없이 억새 화살 맞아
선혈 낭자한 붉은 낙엽 쏟아낸다
서리 안은 바람에 신음하며
누렇게 마르다 못해
이제 가을은
가지만 남겨 앙상하게 죽어간다.

늦가을
억새는
따갑지도 않은 햇빛에
살대 끝 전우(箭羽) 반짝이며
의기양양한 모습으로
꼬랑지 흔들어댄다
가을은
아침마다 허옇게
겨울의 서리 표창 맞아
하늘 빛 가슴에 묻고
천천히 얼어 죽어가고 있다.

늦가을

산과 들

만물의 색 모두 걷어가고

서글픈 바람의 노래 남으니

때죽나무 씨앗 바삭바삭 밟는대로

시간은 꿈이 되고

또 꿈은 시간이 된다

쪽빛 하늘 뒤 가려진

매운 높바람에

가슴에도

적막한 억새 화살 꽂힌다.

영흥도의 하루 1

하얀 강선(鋼線) 촘촘히 늘어선
해상 사장교 위로
붉은 햇살
길고 긴 공작 꼬리처럼 드리워진
영흥도의 아침은
갈매기 힘찬 날개 짓으로 시작한다
초가을 새털구름은
솜틀집에서 막 틀어 나온 목화솜 되어
새 주인 찾아가는 하루를 꿈꾸게 한다.

선재대교 너머 동그란 목섬
간조 때마다 제 등뼈 드러내,
조심스러운 걸음
자박자박대는 연인들 발길을 반긴다
때로 갯벌놀이 여념없는
아이들 소란스러움
썰물이 만든
수많은 작은 구멍 속으로 숨어든다.
마치 갯벌 뒤덮은 칠게
소스라치게 놀라 제 구멍 숨듯

거기 또

개흙에 용골을 묻은 고깃배

담배 문 어부의

까맣게 반짝이는 이두박근과

불끈 튀어나온 정맥과

만선의 기억을 반추하며

만조를 기다린다

여기저기 분주히 움직이던 갈매기

이물에 고쳐 앉아

골뱅이 숨은 구멍 들여다본다.

영흥도의 하루 2

발길 끊긴 십리포 해수욕장 모래사장
아무렇게나 흩어진 피서객 발자국
그 뜨거운 한 여름 이야기를 더듬는다
남동발전소 송전탑 그림자
선재도까지 드리워지면
영흥도의 오후는 깊어지고,
대교 밑 수산물 직판장 수조 위로
흘러넘치는 물소리,
살아가는 사람들의 노래
다시 바다로 전한다
바다는 또
바다를 안고 살아가는 사람들의
가슴깊은 이야기 만든다.

검은 꼬리 실잠자리 찾아 앉은 시간
농어바위 위로 떨어지는 빛,
여름의 시끄러움이 멎고
인적이 끊겨도
그 어느 절경보다 포근하며
소박하고 아름다운 곳
그 곳에 천천히

바다를 물들인
붉은 낙조의 공작 꼬리가 접히면
영흥도는 다시
망둥이가 살판난
해루질 시간 다가온다.

유월 초엿새

앞치마 가득
청매실이 익는 이 계절
먼 길 떠나
낯선 여울에 이르니
어여쁜 금낭화(錦囊花) 물그림자
날 반기고
물비린내 따라
주섬주섬 펼친 낚시에
산들바람
미늘에 걸린다
그리고 거기
하얀 호청 더 하얗게 빨아 널은
그 하늘이
더없이 예쁘다.

전등사 짚불

숭어회 뜨는 아낙 손 바쁜
전류리 포구를 지나
굽이굽이 뒹구는 철책선 따라
강화도 가는 길
여기저기 언 강에는
깨진 햇빛 흩어진다.

철새가 계절을 데리고 떠날 때
강물은 하늘을 담고
날개깃에 머리 박은 새들
햇살이 잘게 쪼개놓은 파도에
이리저리 흔들린다
쪼그려 숨은 매화
봄을 재촉하건만
아직
그림자는 추위에 웅크리고 있고
북벽에 죽은 천사의 시신
하얗게 남아 있다
산 아래 굴뚝 가진 집
여전히 하얀 연기 꿈처럼 피어오른다.

강화를 품은 시대적 상처

전등사 명부전(冥府殿)

처마 끝 풍경(風磬)에서

바람 따라 곡진한 소리 풀어 놓는다

그 위로 계절의 허리는 지나고

수 백 년 지내온 길상면 느티나무

와불처럼 누운 소나무 옆

간절하고 간절한 꿈

맑디 맑은 눈망울

수정처럼 투명한 소망

형형색색의 한지(韓紙)에 담아

보름 짚불에 태우려 쌓아놓은

장작더미 위 새끼줄 따라

올망졸망 묶여 있다.

깊은 겨울

아쉬움도 깊고

그리움도 깊고

소망도 깊어

보름 짚불에 태워

하나 가득 꿈으로 보내는

우리네 그 삶도 깊을 것을

전등사 내려오는 길
겨울 가뭄에 흙바람 곁
석축 사이사이로 부슬부슬 흘러내리는
습기 없는 흙만 서글프다
미나리꽝에 부는 매서운 바람
무엇이 그리 바빠서
그리 또 서둘러 가는가.

눈을 감고 걷는다
노을이 겨울 위로 내려앉고
머리 뒤로
매달린 운판(雲版)과
목어(木魚)만 무심히 흔들거린다.

이제 우리도
보름날 밤 짚불로 훨훨 타오를 것을…

지평리(砥平里)에 오월이 떠나고

벌겋게 녹 오른 폐 철로(鐵路)따라
꿈처럼 핀 안개
간유리처럼 엷게 하늘을 덮어
강과 길과 산에 엎습니다
강(江) 안개 업은 채
여기저기 크고 작은 농수로와 손잡아
길 밑으로 산 밑으로
시냇물 소리 내며 올라옵니다.

그 길
벌 부르는 아카시아 꽃 가득
그 짙푸른 산
눈처럼 쏟아져 부은
하얀 조팝나무 꽃 이팝나무 꽃 가득
수억의 작은 호접(胡蝶)처럼 내려앉으니
한편으로
천천히 철쭉은 지고
오월(五月)이 떠납니다.

그렇게 떠나가는 오월
야트막한 시골 학교

담을 타고 넘는 담쟁이넝쿨 아래
옹기종기 모여 앉은
보라색 각시붓꽃 색을 맞추고
문 닫은 간이역
시커멓게 기름 밴 침목
머물 듯 떠나는 객(客) 보내고
떠날 듯 머무는 객(客) 반깁니다.

우리는 늘 이런 오월에
객(客)으로 와서
또 덧없이 객(客)으로 지나갑니다
이렇게 아름다운 오월,
심해(深海)에 눈처럼 녹아내리는
한여름 플랑크톤처럼
또 흩날려 강물로 사라지는 꽃잎처럼
세월도 사람도 쉽게 잊습니다
그 잃어버린 기억은
눈가의 작은 주름으로
시간의 겹쳐진 흐름으로 남겨놓고
조용히 풀잎처럼 눕습니다.

청포대에 서서 1

밀가루보다 고운 청포대 은모래
죽은 조개껍데기 가슴에 품고
얼굴 에이는 겨울도 가슴에 품을 때
수많은 구멍 속에서
집게발 쳐들고 나온 게들
누구도 알 수없는
안드로메다의 언어와 암호
모래사장 가득 쏟아내고 있다.

드르니항으로 들어오는
거울처럼 맑은 뱃길
곰살 맞게 출렁인다
수제비 떼듯
손으로 뚝뚝 떼어놓은 낮은 구름
죽은 해송을 어루만질 때
봉창에 넣은 손에도
한없이 찬바람이 이네.

포구에 가득 쌓인
쭈꾸미 잡이 소라껍데기 어구
별이 쏟아지는 밤이

얼마나 지났는지 모르고
또 얼마나 더 별이 쏟아져야
다시 바다 속으로 돌아갈지 모른다.

청포대에 서서 2

노점 선반에 매달려
시린 해풍 따라 덜렁거리며
꼬들꼬들 말려지고 있는 박대
언제
지나는 손에 들려나갈 지 모르는
기약 없는 기다림에
거기 또 머물고 있다.

손대면 가득
바다가 묻어나는 곳
눈 들면
광활한 그리움이 펼쳐지는 곳
하루에도 몇 번
숨죽인 삶을 밀고 왔다가
또 밀고 가는 이 곳.

형형색색 대나무 부표 깃발
겨우내 나부끼지 않고
여기저기 누워 잠든다
그렇게 깊고 긴 잠을 자도
늙지 않는 바다,

그리고

바다를 그리워하는 가슴

그것은

늙어도 늙지 않는다.

한강(漢江)에 내리는 비

구름이 시커멓게 무거워져
밤새 한여름 피곤함을
무섭게도 주룩주룩 내려놓는 하루
시절이 하수상할 때부터
마음 버리고 흐른 한강(漢江)이
아침까지도
빗속에 백내장 걸린 눈처럼 뿌옇다
차창에 천천히 부딪히는 서글픈 피아노 소리
콘트라베이스가 너무도 무겁고 저리게 따라 운다.

시간은 빗속에 물 흐르듯 가고
흰머리 긁으니
머리카락 자꾸 짧아져
비녀도 못 꼽는다는
두보(杜甫)의 시(詩)처럼
삶을 지탱해온 머리카락도
물처럼 시간처럼 사라진다.

이제
장대비 소리에 잠깨는 시간
스러져가는 공간과

귀천(歸天) 하면 듣지 못하는 음악을
죽은 자식 불알 만지듯 어루만지는
초라한 네가
네가
안쓰럽구나.

훌쩍 떠나보세요

밤새 작은 풀벌레들이
얼마 남지 않은 가을과
그들의 아쉬운 시간을
속살거리고 나니
이렇게
깊고 깊은 하늘을 갖고
아침이 찾아 왔습니다.

또 어느새
젖은 빨래처럼
무거웠던 한여름 구름이
가을에 묻어온
선선한 바람에 말라
보송보송
새털구름 되었습니다.

훌쩍 가버렸다가
홀연히 바람에 묻어
다시 찾아오는 이 계절,
엉킨 마음 풀고
생각의 얼개 가다듬고

사랑하는 이 손잡고
바람 가는 대로
구름 가는 대로
훌쩍 떠나셔도 좋겠소이다.

사랑하는 이 손잡고
바람 가는 대로
구름 가는 대로
훌쩍 떠나셔도 좋겠소이다.

흰눈 내리는 두물머리에서

눈 깊은 겨울
북풍에 떠는 두물머리 족잣여울
한기 쏟아낸다
하늘에는 가득 하얀 눈 쏟아지고
400년 된 느티나무
가슴이 비어간다.

다시 보면
쏟아지는 것은 하얀 눈.
군대간 아들은 하늘에서 쏟아지는 쓰레기라는데…
그리고 하얀 별.

내린 별
호수 속에 얼어붙고
눈 이불 덮은 그 아래
달은 나무에 걸리고
또 하늘에 어둠 머문다.

낡은 양수교 아래 얼어붙은 눈덩이들
내 눈에 대고 하얗게 웃는다.
그리고

국수리까지 이어진 교각따라
그저 검은 하늘과 맞닿아
하얗게 뒤덮인 강줄기.

눈을 보는
너의 눈이 또 깊어간다.

강 위에 흐르는 밤의 구름
얼음 위로 그림자 남긴다
얼음이 녹는 속도로
봄이 오기를 기다리며
멀리 흐릿한 등불에
나는 홀로 하얀 눈길을 간다.

그 하얀 눈길을
하얗게 하얗게 걷고 있는데
또 무엇이 욕심날까.

달빛에 잠 깨어

때 아닌 새벽 3시
모기장 그물에도 걸리지 않는
시끄러운 매미 소리
막힘없이 흐르는 바람 따라
습하게 울린다
달빛에도 문득 눈 떠져
이래저래 잠 설치다
일찍 배달 온 신문 들척이는 게
우리의 여름밤
무엇이 그렇게
깊이 생각할 일이 있고
또 그것을
그렇게 깊이 생각한들
무슨 답이 있는 자문자답일까.

동항리(東恒里) 걸으며

조붓한 도곡리(桃谷里) 시골길
그 비탈 아래
옹기종기 다투어 피는 들풀 위
설레는 빛 머금은 복숭아꽃 가득
뒤로
엷은 안개 뒤덮여
운무로 연 아침 같은 하루.

이제 지천에 핀
보랏빛 제비꽃 꼬리 물고
천천히 동항리(東恒里) 들어선다
촉촉한 하늘의 습기
설핏 어깨 어루만지면
타는 장작 연기처럼
수줍음 번진다
복숭아 색 목도리 흔들림
안개비 속 오월에 머문다
우리의 시간
또 머물 듯 또 지나가고
생각은
또 지나갈 듯 머물러 있다.

언뜻언뜻 보이는
살아온 날의 새치
지나간 세월을 묻지 않아도
쌓인 나이를 세지 않아도
수줍음 타지 않을 법한데
아직도
묻지 않은 세월
그리고 세지 않은 나이 속
서로 이야기하지 않아도
서로 묻지 않아도
바람과 하늘의 그늘 아래
여전히 수줍어 한다.

복숭아꽃 색
수줍은 하루
도화(桃花)색 목도리처럼
부드럽고 늘 따뜻하지만
같은 구름 아래 숨 쉬는 동안
또 헤어짐을 생각한다
시커먼 소나기 구름처럼 무거운 헤어짐
그 서운함

늘 가슴 속에 서성인다
또 다시 만날 생각에
때로 설레는 빛이
강(江)기슭
빈 배처럼 머문다.

무지개로 돌아오소

당신 어깨 짓누르는 무거운 먹구름 걷어내고

해맑은 미소 무지개로

한걸음에 돌아오소

명자나무꽃

명자나무꽃 이렇게 붉은데
너는 문을 나서는 거니?
꽃비가 눈처럼 날리는데
시간이 벌써 이렇게 흐른 거니?
꿈이 꿈처럼 흩어지는 문앞에서
네 손 놓을 용기가 없어.

밤새 흐른 별 어디간지 모르고
밤새워 꾼 꿈 무엇인지도 모르고
밤새워 한 이야기 기억도 못하는데
꽃은 피고 또 지고

촛농처럼 흐른 시간 언제 지났는 지 모르고
창을 흔든 바람 어디 가는 지 모르고
어스름 새벽 벌써 다가온지 몰랐는데
가방 안고 문앞에 서있는 너.

슬프기도 그렇고
웃기도 그렇고
기쁘기도 그렇고
아쉬워하기도 그렇고

명자나무꽃 이렇게 붉은데
너는 벌써 문을 나서는거니?
명자나무꽃 이렇게 붉은데
네 손 어찌 놓을 수 있겠니?

더운 여름

하늘은 뜨겁고
대지의 열기가 바늘처럼
폐부로 쏟아져 들어오는 시간.

바람결 없는 창밖의 아스팔트
더위에 못 이겨 아지랑이 논다
손님 잃은 지친 택시들
꼬리 문 뱀처럼 길게 줄만 서있는데
기사 아저씨들 초점 잃은 눈엔
희망의 빛마저 시들어가고 있다.

장마를 잊어버린 사람들
여기저기 도심 속에 흩어져
깊은 주름 만들며
뜨거운 열기처럼 짓누르는
삶의 하루에 부대끼지만
흘린 땀방울이 다만 허망할 뿐

그렇게 의미 없어지는 여름날이
천천히
아주 천천히 지나가고 있다.

등명락가사

꽃무릇 그리움 자라던
등명락가사 초입은
이제 바람마저 외면해버리는
회색 콘크리트 바닥이 되었습니다.

하늘도 허탈한 바닥을 보면
무엇을 남겨야 할지 모르고
그곳을 시나브로 지나쳐 버립니다.

허전해져 버린 과거의 기억이나 추억조차
아무것도 남아있지 않고
덩그러니 주인 비운 차들만 즐비합니다.

등명락가사의 기억도 그렇게 가고
꽃무릇의 그리움도 그렇게 가고
꿈꾸던 미련도 그렇게 가고
삶도 그렇게 가는 것인가 봅니다.

그래도
따스한 손이라도 마주잡고
길 건너 억새풀 문득 쳐다봅니다

황량해져 버리고
피멍 들어버린 꽃무릇 사랑을 기억해내려 합니다
노을이 슬픈 어둠을 만들 때까지
당신은 거기 장승처럼
한참을 서 있습니다.

무지개로 돌아오소

만남이 열흘이고
헤어짐이 아흐레일세.

하늘 맞닿은 장대비
새벽을 깨워
시리도록 검푸른 동해(東海)
당신 휘감아 떠날 때
휑한 가슴에는
흐르는 빗물소리만 남소.

숨이 턱턱 막히는 뜨거운 햇빛
비수되어 쏟아지는 아흐레 지나
송아지 등 사이로
소나기 지나가면

당신 어깨 짓누르는
무거운 먹구름 걷어내고
해맑은 미소 무지개
한걸음에 돌아오소.

빙어

어둠이 하늘 끝
그리고 땅끝 찾아와
둘의 경계가 없어졌습니다.

거기 밤바다
바다도 하늘도 땅도
경계가 없습니다.
하얗게 모래에 부딪히는 파도
연인들 서있는 곳을 알려줄 뿐입니다.

차가운 밤바람
서로 움츠려 잡은 손에
가을이 머물고
케냐AA 커피처럼
진하고 향긋한 서로의 마음
밤하늘에 꿈으로 머뭅니다.

바다로 이어지는 개울가
손가락만한
빙어
한 올씩 한 올씩 / 연인들 이야기 물고 갑니다.

어리연(蓮)

넓지막한 연두색 연잎 위
밤새 이슬이 내리고 내려
유리알처럼 모인 물방울
건드리면 이리저리 구르고
만지면 눈물처럼 흘러내린다.

조붓한 농로를 따라
가지런히 늘어선 측백나무 사이
희뿌연 여름안개
빨아 놓은 이불 호청처럼
한없이 늘어져 걸려있다
작은 수로 옆 논바닥
개구리밥 사이로
개구리 알이 있고
그 개구리 알 사이로
또 개구리가 있다.

너의 시간은
수없이 펼쳐진 연잎들을 가슴에 담은
개구리밥과 개구리알과 개구리 사이를 지나
헤아리지 못한 시간 동안

밤새 숨어 지내던 수련꽃처럼 기다리다
습하고 더운 공기 속에서
따뜻하게 손 맞잡아
솜털처럼 작고 하얗게 돋아나게 했지.

그것은 너의 사랑
어리연(蓮)

정동진에서

하늘 끝 아득히 닿아 있는 곳
당신 하얀 몸
흩어지는 안개처럼 뿌렸던 곳
비릿한 바닷바람 언듯 얼굴 스칠 때
당신의 안개 흩어지다
내 몸에 다시 다가와 얼굴 쓰다듬었고
얼굴에 앉은 하얀 안개 위로
하염없이 내 눈 이슬도 내렸습니다.

구름 한 점 없는 하늘
물기 머금은 눈에 왜 그리 파랬던지
또 왜 그리 높았던지
안개 걷힌 바다
물기 머금은 눈에 왜 그리 푸르렀던지
또 왜 그리 깊었던지

10년을 가슴에 묻어
천형(天刑)처럼 살아온 길
멍든 땅 울음을 참고
짐처럼 살아온 길

잊혀져버린 많은 시간들
지워져버린 많은 기억들
등명락가사(燈明洛伽寺) 꽃무릇처럼
당신은 꽃으로 지고
나는 잎으로 지냅니다.

돌아도 돌아도 또 굽어있는 해안 헌화로(獻花路) 따라
정동진 파도 조붓한 길 넘어오고
부서져버린 파도 조각들
다시 안개되어 내게 다가옵니다.
당신과 헤어진 이 길
당신이 다시 내게 안개로 다가옵니다.

오늘 철길에 서서 다시 맞댄 하늘
가슴시리게 또 푸르고
하얗게 부서지는 바다
견딜 수 없게 또 깊습니다.

찬바람

매서운 바람
감나무 꼭대기에
홍시 하나 남겼습니다.
그리고
아직 그 바람
뒤뜰 대밭에 서그럭거리고 있습니다.

스산해진 들녘
하얀 서리 찾아오고
꺼진 짚불 사이로
꿈처럼 물처럼 하얀 연기 피어오르니
움츠러든 국화마저
수수한 제 향기 감추고 맙니다.

횅한 가슴 안고
강 건너 사는
당신 생각에
성애 낀 유리창 입김 불어 손가락으로 문지릅니다
그리움 촛농처럼 조르르
유리창 타고 흐릅니다.

풍경(風磬) 소리에 어제를 버리다 1

가쁜 숨 앞세우고
허위허위 졸참나무 사이 오른다
일주문 맞배지붕 밑
시간이 쪼개놓은 틈으로 기둥은 숨 쉰다
석간주 가칠단청은 누룽지처럼 일어난다
언덕마다 흩뿌려진 샛노란 송홧가루 밟으면
한걸음씩 버려지는 하계(下界)의 기억

굽은 된비알* 굽은 나무 사이
풀섶에 머리 내민 졸방제비꽃
아무렇게나 쌓아올린 돌계단 너설* 올라
노루막*이 이르니
늘어선 연등그림자
꽃잔디 위에 올라앉았다
금단청 사래 끝에 매단 풍경(風磬)
하늘이 푸른 녹 올려놓고
풍경 그림자는 대웅전 배흘림기둥에 걸려있다
그 소리 어제를 버린다

키 작은 젊은 비구니 아직 털신 신고
흘러내린 촛농덩어리 자루에 담아

대웅전 뒤켠 운두 옆에 쌓아둔다
하늘에는 촛농에 남은 발원 걷어가는 열구름*
꽃살 창호 아래
지며리* 묵은지 잘게 썰고 있는
보살의 손

시들어빠진 철쭉 하나 둘 떨어진다
지천에 널린 미나리냉이
하얀 불두화 한 다발 핀다
산사(山寺) 끝 한자리 서서
수굿이 고개 숙이면 난벌*과 두물머리 풀등*
거기는 우리 사는 아름다운 새녘*
풍경 소리가 어제를 버린다

된비알 : 몹시 험한 비탈
너설 : 험한 바위나 돌 따위가 삐죽삐죽 나온 곳
노루막이 : 더는 갈 데 없는 산의 막다른 꼭대기
열구름 : 지나가는 구름
지며리 : 차분하고 꾸준한 모양
난벌 : 탁 트인 벌판
풀등 : 강물 속에 모래가 쌓이고 그 위에 풀이 수북하게 난 곳
새녘 : 동쪽

풍경(風磬) 소리에 어제를 버리다 2

운길산 송촌리 동네길
이팝나무 조팝나무 아카시아
5월 하늘 눈꽃이 개락났다
꽃길 속 외주물집* 흘깃흘깃 본들
채꾼* 간 데 없다
도사리 뽑으러 갔는지 마실 갔는지
주인도 없는 데 채꾼이야 있을까마는
비게질*하는 소도 없는 마당에
채꾼이야 있을까마는

어둑한 그림자 지닌 솔수펑이* 지나
수종사(水鐘寺) 오르는 자드락길*
노란 애기똥풀 반긴다
곳곳에 널부러진 고사목 주변
다섯줄 무늬다람쥐 노닐 때
산행나온 가시버시
귀여움 겨워 손 흔들어 어른다
산짐승 어찌 땅콩도 안 주고
공으로 꼬셔질까 쳐다도 안 본다

제2부 • 무지개로 돌•아오소

경사진 길섶 나무마다 풀마다
물자리 아니어도 너겁*이 지천이다
돌계단 끝으로 경내 들어서면
맷돌에 고인 샘물
어처구니 구멍 넘어 흐른다
껑충하고 누런 방짜 불기(佛器)에
마지(摩旨) 올리는 공양주 손 바쁘다
천수경 예불 소리에 멈추는 걸음

재넘이*는 법당 촛불, 별불* 만들고
금단청 두른 공포 지나
이익공 초익공 사이로 든다
이내 대웅보전 풍경(風磬) 만지면
그 소리 경학원(經學院) 우물마루에 떨어진다
등밀이 세살 창호 흔들어
시간이 정지한 듯 세월이 멈춘 듯
어제를 버린다

종루길 내려와 눈이 멎는 곳
늙은 은행나무 가지 위로 은행나무 자란다
그 위로 하늘이 머문다

늘어진 가지 아래

버덩*에는 엉겅퀴 가득

마음에 여전히 어수선한 엉겅퀴 가득한 채

산사(山寺) 내려온다

머리 뒤 들릴 듯 말 듯 풍경소리

쾽한 하늘 보면

돌길 걷는 건지 시간 위 걷는 건지

어제가 버려질 듯도 하고

말 듯도 하고…

외주물집 : 마당이 없이 길가에 바싹 붙여 지어서
길 밖에서도 안이 들여다보이는 작고 허술한 집
채꾼 : 소를 모는 사람. 주로 나이가 어린 일꾼을 이른다.
도사리 : 못자리에 난 어린 잡풀
비게질 : 말이나 소가 가려운 곳을 긁느라고 다른 물건에
몸을 대고 비비는 짓
솔수펑이 : 솔숲이 있는 곳
자드락길 : 나지막한 산기슭의 비탈진 땅에 난 좁은 길
너겁 : 물가에 흙이 패어서 드러난 풀이나 나무뿌리
벌불 : 촛불 심지 옆으로 번져 댕기는 불
재넘이 : 산에서 내리 부는 바람
버덩 : 높고 평평하며 나무는 없이 풀만 우거진 거친 들

헤어진 연인과 새털구름

눈 시린 쪽빛 하늘
새털구름이 어느새
솜사탕처럼 가볍게 걸렸다.

이별여행도 못 간
애달픈 연인의 서늘한 가을
이렇게 새털처럼 가벼이
이별을 뿌리고
시린 가슴 속에
헤어진 발걸음
엇갈린 기찻길처럼
따로 또 멀리 내달린다.

애달픈 연인
새털처럼 많았던
소중한 기억
오히려 더 깊은 상처로 남는다.

어찌 이렇게
새털처럼 많은 날들을
그들은

또 새털처럼 많은
그리움으로 만들며
상처로 만들며
살아갈 수 있을까.

어찌 이렇게
새털처럼 많은
서로의 생각과 기억
하늘 여기저기 걸려 있다가
자고 나면 사라질 새털구름처럼
애써 지워버리려는 것일까
그건
기억이 너무 아프기 때문
간직하지 않으려는 때문.

그래도 아직
새털같이 수많은 날들
그들 앞에 무수히 남아있다.

12월과 1월 사이

12월과 1월
그 사이 어느 날
침묵의 그림자를 밟고 서서
너와 함께 가는 시간
물끄러미 바라보고 있었어.

우리는 억겁의 시간들이 그래왔듯이
한 살 더 먹은 거야
시간이란 게
그렇게 그렇게 가는데
겨울바람
또 왜 그렇게 매섭고 아리게 부는지…
그렇지 않아도
왜 나이가 드는지 모르는데 말이야.

하지만

아직 쪽빛 바다처럼 가슴이 푸르고

널 보면 가슴이 뛰니

우리네 인간은

죽을 때까지

철이 안 드는 동물인가 봐.

제 3 부

꿈

게으른 오후의 태양이 저만치 다가오면
나는 작은 내 두 신을 벗어 툇마루 아래 나란히 놓고
꿈으로 한 발짝 한 발짝 걸어 들어갑니다

꿈 1-1

게으른 오후의 태양 저만치 다가오면
나는 작은 내 두 신을 벗어 툇마루 아래 나란히 놓고
꿈으로 한 발짝 한 발짝 걸어 들어갑니다
그리고 꿈속에서
바람의 곱디 고운 손 잡고
또 가슴 가득 바람 안고 따라갑니다.

노란 들풀 사이로 걸어
맺힌 것 없이 흐르는 여울 만나고
그리움이 정지해버린 오름 만나고
다시 꿈처럼 뽀얀 안개 만납니다
또 한참을 따라 걸어
눈부시도록 푸른 코발트 빛 하늘 아래
옛 그림자로 서성이는 은행나무 만납니다.

거기 내 기억의 파편들
하얗게 날갯짓 하는
배추흰나비처럼 살아있습니다.

꿈 1-2

나는 여전히
초롱한 눈망울 가진 바람의 눈망울 쳐다보며
시위 떠난 살(矢)의 시간 속으로 따라 다닙니다
초가집 추녀 끝에서 떨어져
다시 시간 속으로 사라져 가는 빗물 쳐다보고
처마 밑에 웅크리고 앉아 바람의 노래 듣습니다
바람은 내 손 살며시 잡고
소복이 눈 쌓인 지난 겨울의 노래 들려줍니다
바람은 여리디 여린 이야기 들려주다
이내 울어버리고 맙니다.

이제 바람은 내 손 살며시 놓고 되비켜 나가며
눈 하나 가득 촉촉한 방울 담은 채
내 어두운 그림자 물끄러미 바라보다가
허전한 뒷모습 남기고
왔던 그 길
발자국 소리 없이 되돌아 갑니다
나는 아무런 말도 못합니다
허공에 흩어져버려
붙잡을 수 없는
바람의 손 놓아야만 합니다

아쉬운 자락 안고
개구리 목청소리 속으로 사라져 가는 꿈
한 발짝 한 발짝 되돌아 나옵니다.

마을 어귀에 노을이 집니다
부엌과 우물 지붕 사이에 맨 빨랫줄 한 가운데
길게 누운 바지랑대
갓나온 잠자리마저 잠시 끝에 앉았다 날아갑니다
바지랑대 그림자 더 길게 누으면
사립문 사이로 살며시 땅거미 찾아옵니다
나는 툇마루 아래 벗어두었던
내 두 신 천천히 다시 신습니다.

꿈 2-1

하루종일 비가 오면
나는 젖은 내 두 신 벗어
부엌의 아궁이 곁에 세워놓고
꿈으로 한 발짝 한 발짝 걸어 들어갑니다.

꿈에서 비를 만납니다
비는 내 손 잡고
물처럼 흐르는 시간 속으로 데리고 갑니다
나는 비를 흠뻑 맞으며
지나가고 있는 시간 속에서
얼레에서 풀려져 가는 실타래처럼
잊혀진 생각 풀어냅니다.

잃어버린 꿈이 시간 속에서 빗물을 따라갑니다
꿈에 그리던 환상의 시간이 빗물을 따라갑니다
꿈과 환상과 시간 가득 담은 빗물
또 빗물 따라갑니다
눈을 감아도
눈을 떠도
아무런 생각 할 수 없습니다
생각은 풀려져 나와 빗물 따라갈 뿐입니다.

꿈 2-2

따라가는 길
황토는 제 살 물에 풀어
내 종아리 뒤 점(點)으로 점(點)으로 따라 붙이지만
뚝방길 따라 흩어진 무심한 들쑥
꺼부정히 머리 내민 보송한 강아지풀
비 맞으며 그냥 서있습니다
이 녀석들 그저 연신 고개 끄덕일 뿐입니다.

살면서
차가운 빗소리 서러워
비 내린 자리에 또 비 내리고
빗물 흐른 자리에 또 빗물 흐르고
그리움 지나간 자리에 또 그리움 지나가고
서러움 흐른 자리에 또 서러움 흐릅니다
씻겨 내려가도 또 씻겨 내려가도
그리움과 서러움 여전히
더 씻어야 될 사연
시간 속에서
기억의 고깃배는
강가 한 쪽 휑한 뻘 속에 묻혀있고
고깃배 가득 물이 차 올라 있지만

그 위에
또 비 내립니다
기억이 벌써 놋고리처럼 벌겋게 녹이 슬었건만
아직도 녹은 더 슬어야 할 모양입니다.

나무등걸에 앉아
퀭한 눈으로 또 비 만나고
이마를 타고 내리는 비 만지고
또 황토 위에 끝없이 몸 뒹구는 빗방울 들여다봅니다
물빛 어두워지고
빗물 어두워지면
조금씩 잦아드는 빗소리
마을의 밥 짓는 연기 더 낮게 내려앉습니다
빗물은 내 손 살며시 놓고
아궁이 옆 내 두 신발에서
하얀 김으로 모락모락 피어올라 사라집니다.

한 발짝 한 발짝 꿈에서 걸어 나옵니다
김이 모락모락 나는 신발
나는 천천히 다시 신습니다.

꿈 3-1

자욱하게 물안개 떠 안은 호반(湖畔)
시간이 정지된 뭇 산들
퍼렇게 이끼 앉은 장승처럼 서있습니다
경사진 과수원 아래
나즈막한 노란 들풀
구불구불한 신작로를 따라
흐드러지게 피어 있습니다.

그 길을 한참이나 걷다가
나는 또 들풀 위에 신발 가지런히 벗어놓고
한 발짝 한 발짝 꿈으로 걸어 들어갑니다.

하늘은 머리 위에 있습니다
호수는 발 아래 있습니다
시간은 그 사이에 있습니다
나도 그 사이에 잠시 사글세 살고 있습니다
월세를 못내도 하늘과 호수 나무라지 않습니다
늙은 소나무 사이 헤진 거미줄 드리워져 있고
거기 언듯 언듯 여린 빛 닿아 스러지지만
내 눈 그저 거미줄에 한참이나 걸려 있습니다.

물가마다 낚시 던지는 소리 들립니다
낚시꾼 가슴에 맺힌 이야기
그 소리 따라 한 알씩 한 알씩
물 속으로 들어갑니다
그 작은 물방울 소리
청아하게 멀리까지 울려 퍼져
낚시꾼은 세상 일을 잊을 수 있는가 봅니다.

꿈 3-2

촉촉한 바람 어깨를 짚습니다
얼굴을 어루만지며 지나갑니다
잊을 수 없는 바람의 향기
내 손 잡았다가는 놓고
또 잡았다가 또 놓습니다.
가슴에 들어왔다가
이내 다시 사라집니다.

거미줄에 걸린 시간
후두둑 후두둑 떨어지는 빗방울에
이내 풀 위로 떨어집니다.

내가 빌려 앉은 반 평의 누런 황토
이제
머리에 수건 드리우고 감자 캐던
손 굵은 주인에게 돌려주고
한 걸음 한 걸음
또 꿈에서 걸어 나가야 할 시간입니다.

들풀 위에 벗어두었던 신발 집어
빗방울을 탈탈 털어 내고
나는 천천히 그 신 다시 신습니다.

꿈 4

어느 계절부터 거기 서 있는 지 모르는
차가운 선돌들을 끼고 돌아
산사(山寺)로 들어섭니다
엊저녁 소나기
깊은 나무 그늘에 가린 디딤돌 곁에
아직도 촉촉하게 남아
내 발자국 만납니다
나는
들릴 듯 말 듯한 독경 소리 따라
꿈으로 한 발짝 한 발짝 걸어 들어갑니다.

시간이 나무 사이로 들어가고
시간이 나무 속에서
또 다른 시간 맞아
틈과 틈으로 옹이를 밀어낸 산사(山寺)의 기둥
그 끝 팔작지붕에서
어제처럼 하늘 그림자 떨어지고 있습니다
떨어진 그림자 뒤 서늘한 바람 불고
그 바람 따라
풍경 끝에서 영롱한 종소리
촛농이 되어 떨어집니다
거기

희뿌옇게 지워진 탱화 사이로
내 꿈의 망설임 머뭅니다.

산사를 나와
또 다시 조붓한 시골길 걷습니다
토담 모퉁이 돌면
들판 하나 가득 옥수수 잎
소나기처럼 쏟아져 내리고
내가 건너야 할 여울마저 가려버립니다.

그리운 가슴으로 서있으면
꿈에 여울이 비치고
여울에 꿈이 비치고
꿈은 또 시간에 비칩니다.

여울에 머리 헤우고 일어나
뚝뚝 떨어지는 물기
고개 들어
살며시 꿈 들여다봅니다
하지만

내 곁에 있던 꿈 간 데 없고
빈 바람 옥수수 잎 스칩니다.

이 밤
다시 빈 바람 불어옵니다
풍경에서 떨어지는 소리 기억해 보며
옥수수 잎 부딪히는 소리 기억해 보며
여울 흐르는 소리 기억해 봅니다
나는 지금
꿈의 빈자리
그리움으로 채웁니다.

꿈 5

꿈을 꾸었습니다
꿈속에 나는 시골집에 있었습니다
꿈에 참 많은 비 내렸습니다
뇌성(雷聲)치는 비바람
밤새 창 하나 사이에 두고 그렇게 울었습니다.

아침 절에 꺼끔해진 빗방울
무엇이 그렇게 서러웠던지
무엇이 그렇게 가슴에 맺혔었던지
바람 따라
아직도 남아있는 서러움 가랑비로 흩뿌리고 있습니다.

창호지 바른 격자창 열고,
또 다시 공책만 한 유리 끼운 삼나무 창 조르르 열면
빗물은 창틀에 넘쳐
며칠 전 허리 잘룩한 개미 올라오던
우둘투둘한 창밖의 벽 타고 흘러내립니다
방안으로 조금 넘쳐 난 창틀의 빗물
누렇게 색 바랜 벽지 타고 흘러내려
지난번 남긴 흔적 따라
할머니 쓰시던 조그만 경대 뒤 숨습니다.

동그란 거울 달린 조그만 경대

거울 뒷모습 탁해지고

모서리 다 터져

허옇게 나무 살 드러내고 있습니다

오랜 시간동안

말없이 빗물 숨겨 주었던 것입니다

마치 내가 어머니께 꾸지람을 들을 때

치마 뒤로 얼른 날 감춰 주시던 할머니처럼 말입니다

정말 내가 꾸지람 들을 때

할머니 치마 부여잡고 숨어서

눈 빼꼼이 내밀어 어머니를 바라보았습니다

어머니는 이내 미간에 주름만 남기신 채

부엌으로 들어가셨습니다.

창밖에 건너 보이는 빨간 앵두 밑

앵두 만한 빗방울 아직도 초롱초롱 맺혀있습니다

엊그제 함박 피었던 등나무 꽃

노랗고 길쭉한 꽃술까지 다 내버리고

질퍽한 흙바닥에 여기저기 나뒹굽니다

까만 눈 내려 깔은 염소

푸르르 몸 흔들어 빗방울 털어가며

제3부 · 꿈

속없이 꽃잎 집어먹고 있습니다.

고무신 신고
질펀한 마당에 반쯤 빠진 발자국 남기며
빗물 방울방울 달린 자주달개비꽃 한 움큼 따서
그 보라 꽃 꼬옥 누르면
슬픔보다 더 슬퍼 보이는 보라 빛
손가락 가득 배어납니다.

흙벽과 흙벽 사이에 지은 거미줄
밤새 내린 비로 다 헤지고 찢어졌습니다
등 노란 거미는 연신
물방울 송글송글 달린 집 고치느라 분주합니다
그 집이 다 고쳐지면
대나무에 동그란 철사 맨 잠자리채에 또 붙여집니다.

회색 구름 덩어리 채운산(彩雲山) 너머로 천천히 밀려가고
할아버지 묘에 햇살 비치기 시작하면
나는 꿈에서 신은 하얀 고무신 벗어놓고
신발 밑 엉겨 붙은 황토의 기억 간직한 채
다시 꿈에서 한 발짝 한 발짝 걸어 나옵니다.

꿈 6-1

소나기 맞아 새로 돋은 풀잎만큼이나 푸르른 금강
그 강안(江岸) 따라 지천으로 널린 참외밭 수박밭
이제 막 몸 뻗은 수박 넝쿨 뱀처럼 바닥 기고
개똥참외 노랗게 꽃 기지개 켭니다.

강 건너 거룻배 사공
이물에 서서 상앗대로 바닥 짚는데
밀짚모자에 초여름 따가운 햇살 꽂혀
구릿빛 얼굴 사이로 점점이 비집고 들어옵니다.

그 강 건너
읍내 가로지르는 기차 길에서
기름냄새 코를 찌르는 시커먼 침목 건너서면
씨방에 작은 뿔 만드는 아주까리가 나란히 반깁니다
야트막한 채운산 들어서서
관목 사이로 조그만 암자 무심코 쳐다봅니다
산객(山客)은 떠나고
풍경소리 바람 따라 절로 웁니다.

꿈 6-2

산을 넘으면
초입에 관상쟁이 라(羅)씨 아저씨 초가집 다가서고
내 작은 마을
할아버지 산소에서부터 시작됩니다.

풀잎만큼이나 자주빛 가지,
여저기기 대롱대롱 매달린 길목 돌아
퍼렇게 이끼 돋은 마을 우물 지나면
길게 늘어선 탱자나무
그 뾰족한 가시 잎새에 숨깁니다.

집에 들어서서
한나절 지나도록 꿈 꾸니
거기 뉘엇뉘엇 해 저물고
땅거미가 한 이랑 한 이랑 누런 보리밭을 제칩니다
고즈넉한 저녁으로 다가오면
습한 안개 자욱이 마을 감싸 안고
밥짓는 연기마다
희뿌옇게 산줄기 타고 오릅니다
낮은 토담 위 솟아오른 대나무
길고 어두운 그림자 마당 가득 드리웁니다.

뒤꼍 아름드리 팽나무 아래
서늘한 기운 돌고
집 앞 여울
크고 작은 돌들 따라 물소리 더 소란합니다.

이제
뿌연 하늘 아래
시커먼 아스팔트 위
나는 매일 매일 톱니바퀴처럼 굴러가고 있습니다
그래도 밤에는
금강(錦江) 가는 꿈 꿉니다.

꿈 7

한 술 밥 뜨려 찾는 집마다 문 닫았고
모르는 초행길 찾아갈 때마다 길 잘못 들고
등줄기 배인 땀 식혀볼 요량으로 머문 곳마다
소란스러우니
어디다 하소연을 할까마는
그래도 향긋한 바람결 따라 꿈꾸며
산 넘고 물 건너니
그 어찌 즐겁지 아니하겠소.

꿈 8

아침 안개 뿌옇게 내려앉은 강가 따라
나는 하얀 고무신 신고
꿈으로 한 걸음 한 걸음 걸어 들어갑니다.

음습하고 더운 바람
더위에 지쳐 불다가 말다가 하고
언제부터 놀리는지 모르는 땅
하얀 선씀바귀 꽃 가득 강을 가립니다
분홍 산구맥(山瞿麥) 꽃 옹기종기 모여 앉아
내 흰 고무신과 색을 맞춥니다.

몸 지탱하기도 힘들어하는 늙은 은행나무
가지 사이사이로
무거운 장마 구름 떠받치고 있습니다
팔자 좋은 황구(黃狗)
복날 오는 줄도 모르고
은행나무 곁에서 늘어지게 잠만 잡니다.

시간이 강물 따라 흐르고
강물은 시간 데리고 가고
강물은 시간 따라 흐르고

시간은 강물 데리고 갑니다.

꿈은 시간 따라 흐르고
시간은 꿈 데리고 가고
시간은 꿈 따라 흐르고
꿈은 시간 데리고 갑니다.

습하고 더운 공기 못 이겨
한 방울 두 방울 장미비 비치기 시작하면
휘어진 노송이 휘둘러 쳐진 강가의 고사(古寺) 입구
오가는 사람도 없습니다
깨진 석탑 뎅그러니 남아
기단(基壇)에 핀 이끼들 파랗게 웃고 있습니다.

옥개석(屋蓋石)에서부터 만들어놓은 거미줄
거미 간 데 없고
한 끝에 걸린 버드나무 잎 파르르
언듯 부는 바람결에 몸 떱니다.

빗방울 굵어져
하얀 고무신에 황토꽃 하나씩 튀어 오르면

나는 천천히
희뿌연 강가에서 걸어 나옵니다
그리고 시간에서 꿈에서
한 걸음 한 걸음 되돌아 나옵니다.

남도의 하루 1

꽃 그리워하다 시들어 버린
꽃무릇 잎 어디에도 없습니다
꽃마저 잎 그리워하다
누렇게 말라
꽃대만 덩그러니
길가에 총총이 늘어서
선운사 가을을 재촉합니다
마지막 아쉬움
암벽 따라 오른 송악에
반짝이는 빛으로 남기고 있습니다.

같이 걷던 조붓한 길
이리저리 휘어져
시간 한없이 담아 놓았던
오래된 나무들 속삭임
얼굴 환히 비춰주는
초록 여울 속에 흐르며
따가운 가을 햇살에 반짝이는
오후의 동백에 머물고
당신들 속삭임 남습니다.

주름져 손 굵은 아낙네 건넨
검붉은 복분자 한 모금 삼킵니다
또 한 입 물어 퉤퉤 뱉는
작고 작은 복분자 씨
길게 늘어선 가로수 길 따라
여기저기 흩어져
선운사의 기억 간직한 채
내일은
또 다른 손 맞을 것을…

남도의 하루 2

늘씬한 메타세콰이어 도열한 내소사 길
마음 가벼운 구름
꿈처럼 가깝고
그 위 하늘,
기암절벽 속
또 하늘이 손바닥으로 가릴 양 작아집니다
조용하고 인적 드문 산사
휘돌아 나가는 바람 따라
처마 끝 녹슨 풍경 소리
때늦은 객 반깁니다.

여기저기 농기계 튀어놓은
누런 황토덩이 밟으며
오르락 내리락
들풀 가득 농로(農路) 따른 복길리
촌스러운 이름만큼
따뜻하고 정겨운 품에 안기면
망둥어 잡는 낚시꾼 뒤
어디에서 온 지도
또 어디로 갈지도 모를 손잡은 연인,
가슴마저 설레게 합니다

뜨거운 가슴
사리의 푸른 바다 가득 들어차
멀리 뻘 위에 세운 양식장 대나무처럼
서로 따뜻한 등 맞대고
한참 서 있게 합니다.

눈처럼 하얗게
끝없이 피던 백련(白蓮)
또 끝없이 집니다
물방울 점점이 담은 푸른 연잎마저
고개 숙여 누렇게 물속으로 돌아가는 오늘
한참 아쉬움으로 머물 때
하루의 꽃 집니다
어스름 저녁 땅거미 이르면
초롱초롱
동글동글
남도의 하루
연밥같은 기억 남습니다.

제3부 • 꿈

덧들어버린 잠

음습한 공기
시간과 시간 사이에 가로놓여
짙어져버린 어둠 속으로 흐릅니다
과자처럼 부스러져 버린
생각의 조각들 마주한 채
잠이 덧들어버린 오늘
장승처럼 덩그러니 남아
어제의 궤적 하나씩 밟습니다.

우리를 끼고 한참 흐른 강은 지금
여기저기 밤새 쏟아져 내린 불빛 사이
어디에도 남아있지 않습니다
새새스런 초록 물 이끼의 미끄러움
이끼 그림자의 작은 미련으로
강안(江岸)에 스며들 뿐입니다.

더위 피해 물가에 모여 앉은 이웃들
그들의 피곤한 흔들림
작은 파랑(波浪)에 마주하고
그나마 남은 초롬한 눈들
그 사이사이

연(鳶)실 닮은 꼬리 흘리는
개구진 폭죽들
긴 숨 고르며
가슴과 가슴으로
불빛 우산살 흐드러지게 피워냅니다.

목청 안트인 아마추어 가수
설익은 노랫소리
바지선 유리창에 얼룩으로 점점이 매달려
뜻 모를 기억 더듬습니다
함께 어우러진 손
공단 결 느낌 애만지며
시간의 불가역성을 아쉬워하며
푸세밭 가로지른 아스팔트 길 따라갑니다
마음에 묻은 이야기 자락 남기고
아슥하게 보이는 도회지
다시 천천히 돌아갑니다
하지만 거기
덧들어버린 잠의 궤적
아직도 긴 호흡 사르고 있습니다.

제3부 • 꿈

망상(妄想) 1

강변에 하나씩 켜진 불밝이 등 강물에 어른거릴 때
늘 찾아오는 밤 또 다가와 내 곁에 섭니다
고단한 생각의 질곡(桎梏) 속에서 벗어나
활에서 묻어난 송진가루 흩날림
현의 울림에 잠시 몸 기대고 싶니다.

그리고
고단한 생각들 다시 한 번 더듬어 봅니다
여기 사는 우리
무더운 여름밤
꽁지에 매단 보이지도 않는 불 자랑하려
풀섶 한구석 헤매고 다니다가
또 사그라지는 조그만 반딧불입니다
비라도 한 줄기 시원스레 내리면
그 불조차 살펴볼 수 없지만
그래도 이런저런 사연과 마음에 애달파 하는
작은 가슴 안고 그렇게 사는가 봅니다.

누구도 들여다보지 않고
그대로 그 어둠 속에 머물다가
그대로 그 어둠 속에 사라지는

저 혼자 만의 허망한 반짝임 안고
습하고도 습한 여름 밤 공기에 묻힙니다
아름다운 꿈과
꿈같은 아름다움
애달픈 하루
그리고 하루처럼 지나가 버리는 삶
절실하게 끌어안고 있습니다.

하지만
오늘의 생각 의미 없는 어제의 일기장 되고
아침이 되면 그 기억의 파편들
여전히 이슬처럼 흩어져 버립니다
그렇게 연이어진 망각의 띠 속에서
망상(妄想)과 같은 내일의 불 또 밝힙니다.

제3부 • 꿈

망상(妄想) 2

털갈이하는 누렁이 엉덩이
한 뭉치 솜 자락 붙을 때면
어깨에 살포시 얼굴 묻고 부비던
너의 그리움이 다시 찾아와.

이 계절이 떠나면 새로운 계절 찾아오지만
나에게 오히려 새로운 생각보다
지금 내 머리 속 이야기가 떠나고
과거의 내 기억이 자리 비집고 들어 서려는가 봐.

아무런 의미도, 아무런 희망도 없는 기억들
그 망각의 뒷장에 감춰진 이야기 떠오르면
너는 늘 그 자리에 있어
하지만 내 사는 도시 보도블록
이제 너 찾을 수 없고
하늬바람 결에 고개 사로 한 채
장승처럼 선 네온등(燈)
길고 긴 시간의 그림자 붙여올 뿐이야.

헤진 벽지 사이로 드러난 콘크리트
어둠 속에 또 오늘을 묻고

늙은 은행나무 껍질에 기대서서
그 시간의 넋두리를 읽어
너는 보이지도 않고
뚜렷한 기억마저 점점 스러져 가는데
또 뜻 없이 싸늘한 아침
하냥 기다리는 내가
참 어리석어.

연우(煉雨)의 입맞춤

끄느름한 하늘이
둔전거리며 무겁게 내려앉은 아침
민틋한 차창 밖
부딪고 미끄러져 내리며
피사체를 휘었다 폈다 하는 빗발무늬들
그 뒤로
멀리 건너 산자락에 걸린 낮은 구름
쉬 가기 서러워
펑퍼짐한 치마 한 자락 깔고 앉아
멍하니 서로를 쳐다본다
어름 새벽인데도 힘드나 보다.

그렇게 다가온 하루
또한 새로운 아침의 비 오는 거리
호흡이 멈추지 않은 거리
까마득하게 내려다보이는
도시의 진회색 고층빌딩 오르고 내리는 곳
오순도순 나누는
시시콜콜한 우리 사는 이야기들
마주한 손들의 말없는 언어
또한 새록새록하다.

물기 머금은 보도블럭 위
그리워하는 사람들 그리워하고
자석처럼 끌려버리는 마음 안고
우리는 다시 헤어지는 연습을 한다
그래서
아린 느낌을 가질 수밖에 없는
특별한 기억들이 장승같이 서있는
도시 기둥 곁에 기대고 있다.

막연히 서있는 도심 한복판
종종 걸음으로
분주한 움직임을 만드는 군상(群像)들
경적 소리에 더하는
거리의 소란스러움
이제 연우(煉雨)가 스치고
아주 작은 빗방울의 입맞춤
목이 하얀 여인의 체리향 나는 입술처럼
순간
촉촉함으로 다가온다.

어느 때보다도

더 많은 아쉬움 남기고
또 시간이 훌쩍 지났음에도
여전히 남아있는 하루의 여운
아쉬움의 아름다움
한아름보다 아름다운 일부분
채움보다 아름다운 모자람
찰라 보다도 더 짧은 시간
하지만 그 찰라의 느낌
그리운 이를 다시 볼 때까지
그대로 그대로
연우(煉雨) 속 머문다.

아쉬움의 무늬

해안가 굽어내린 좁은 아스팔트 위
흥건한 물 탈팍이는 작은 발자국,
또 이어
다른 발자국 만들어지고
그 발자국,
이내 빗물 속으로 모습을 감춘다
발자국 만드는 이들,
못 다한 말 너무도 많아
발 떼면 흔적도 없는 새 발자국
천천히 또 만들고 만드는 크로노스,
갈라진 아스팔트 사이
비집어 나온 들풀의 작은 흔들림들
그들
뜨거운 가슴 흔들림.

세차게 쏟아지는 빗물에
경계 허물어지는 수평선
빗물이 하늘과 바다
점점이 끊어질 듯 이어질 듯
뿌연 통로 만들어버린 오후
그 카이로스의 통로.

꽃잎보다 더 부드러운 시선
숨이 멎을 듯
동맥의 피가 멎을 듯
속삭이는 가슴 저린 이야기.

눈을 합쳐 바라보는
너른 바다 한가운데
사각 컨테이너 가득 실은 화물선들
수십 년 전
또 다른 너른 바다에 얹혀있던
그 배가 아니다
그 사이로 지나는
작고 하얀 공급선의 긴 포말
지금의 시간 쪼개는 무늬이고
또 과거의 시간을 이어주는 무늬 된다
어제가 오늘처럼
또 오늘이 어제처럼 되살아나
뇌리에 박혀있는 기억의 세포들 되살리고
컨테이너 무게만큼
다시 포개지는 새로운 기억의 세포들.

무슨 기억들이 우리를 살아가게 하는 것일까
무슨 기억들이 우리를 아름답게 하는 것일까
무슨 기억들이 우리를 이토록 아프게 하는 것일까
무슨 기억들이 우리를 그토록 필요로 하는 것일까.

욕조 속 비누 방울
우리 가슴 어루만지고 하수구로 돌아갈 때
아름다운 기억들 그들 따라 들어가고
눈 시리도록 하얀 타월 물기 거둘 때
기억들도 이내 흩어져 버린다
긴 수면의 끝에 매달린 할로겐 램프 꺼진다
뜨거운 가슴의 시간도 차츰 스러져 간다
뼈 속 깊이 남는 아쉬움
동맥 타고 흐르는 그리움.

제3부 · 꿈

음악

음악은 시간의 자연 건축물입니다
시간이 만든 자연은 늘 변화합니다
늘 변화하는 자연은 해마다 동일해 보이지만
동일하지 않습니다
동일하지 않기 때문에 살아있는 것입니다.

자연은 우리에게 살아있음을 실감케 합니다
살아있기 때문에 자연을 느끼는 것입니다
자연은 자연의 소리를 들려줍니다
자연이 내는 그 소리가 곧 진솔한 음악입니다.

인간이 만든 음악은
자연의 소리를 하나의 틀과 공식 속에 담아내는 것입니다
음악은 시간을 따라 흐릅니다
강을 따라간 냇물이 그 냇물 그대로 돌아오지 않듯이
시간을 따라간 음악은 다시는 돌아오지 않습니다
음악은 물처럼 흐르지만
결코 동일한 조건으로 다시 만날 수 없습니다.

음악은 현재이며 찰나입니다

음악을 듣는 것은 인간의 가장 원초적인 시간의
직관입니다.

음악을 듣는 것은 살아서 시간을 따라가는 일입니다

음악을 듣는 것은 살아있음을 일깨우는 것입니다

그래서 음악을 듣는 것은 생명의 소리를 듣는
것입니다.

편린(片鱗) 1

매년 그랬듯이
가슴 저편 한구석에 시나브로 다가왔던 봄
세운 깃 사이로
꽃잎 하나씩 둘씩 눈처럼 흩날려 놓고
또 말없이 지나치고 있다
이제 누런 바람이 내 어깨 짚고
봄 휘감아 떠나지만
그래도 이 해에는
물고기 비늘같은 기억 남기고 간다
'나'와 '너'는
포구에 아무렇게나 흩어져 있는 물고기 비늘처럼
햇살받아 언듯 언듯 반짝이고는
이내 파도에 쓸려
우리가 왔던 깊은 바다 속으로 되돌아 간다
살아가는 동안
가끔씩 서로를 기억하고 애타게 그리워한다는 것
참으로 아름답고 가슴 벅찬 일이다
이 아름다움…
누렇게 빛이 바랜
오래된 흑백사진 속에라도 간직하고 싶고

낡은 재킷에 싸인
해묵은 레코드 판에라도 곱게 끼워두고 싶다
사진 틀 속
영원히 정지해 버린 시간으로 두고
시간의 편린들 속에서
언제나 가끔씩은 그리워 하여도 될 기억들
그 기억 속
가질 수 없는 꿈과 가질 수 없었던 꿈
호주머니에 살며시 담아본다
아침은 또 그렇게 왔고
긴 숨 고르는 달무리
또 그렇게 지고 있다.

제3부 · 꿈

편린(片鱗) 2

우리는 때로 광목으로 옛 생각 싸서
할머니 시집올 때 가져오신 누런 반닫이 깊이
아주 깊이 넣어두곤 한다
그리고 가끔
검은 점 박힌 형광등 아래
반닫이 문을 내려 열어
광목 한 올 한 겹 풀고
목향나무 냄새나는 옛 생각
이끼 낀 청옥 보듯 들여다본다.

휘휘한 대나무 숲 울타리 사이
가지 끝 그림자 서성이는 소리 있다
뚝방길 소 풀 뜯는 소리로 시작하는 나른한 오후
강가에서 피라미 쫓는 아이들의 해맑은 웃음소리 있다
갓 삶아낸 뽀얀 물 국수 헹구던 어머니 계신다
대추나무 송충이는 유난히도 매서웠고
조리자지 꺼내 주르르 배추 잎에 건너 붙이던 내가
거기 서있다
해망적은 웃음.
또 어디서 어디를 이어가는 지 모르는 장대비
하루종일 내리던 일.

처마 밑 작은 흙 구멍 숭숭 뚫리고
미끄럽고 질퍽한 황톳길
조심스레 걸어가는 아랫집 아주머니
설익은 은행알 까다가 옻이 올라
얼굴이 세수대야만 해져 있다
해소 깊은 아버지의 기침소리
희붐한 새벽으로 퍼져,
새롭지도 않은 아침을 맞는다
굽은 논둑에 미끄러진 내 작은 발
하나 가득 진흙이 되어
발 씻으려 우물에 가서 우물 속에다 머리 넣고
동생 이름만 맥없이 메아리로 부른다.

다시 만날 수 없는 옛 일
또 다시 한 올 한 겹 옛 생각 광목으로 싸서
할머니 반닫이 속에 넣고
늘 그렇듯이 형광등 불빛 아래
일상으로 돌아온다.

편린(片鱗) 3

손바닥만한 참빗으로 차곡차곡 성긴 머리 빗으시고
네 치 은비녀 살며시 꼽으신 할머니
당신의 정지문 여는 소리
아궁이 덜 마른 나무가지 타닥타닥 타는 소리
희뿌연 안개 폭 젖은 새벽이 깨어나
겨울 채비 서두르는 풀잎 위로
한 방울 두 방울 제 자락 남기고 간다
엊저녁 대숲 들락거리던 암탉
어렝이에 얹은 둥그런 볏짚에 밤새 앉아
까만 눈 또록 또록 굴리며,
네모난 내 양철 도시락 보리밥 위에 얹어둘
소박한 찬 만들었다
비쓱이는 걸음으로 닭장으로 타박대면,
내 고무신 코 풀잎 이슬 채여 아침 햇살에 어리고
어렝이에 넣은 조막만한 손
암탉 앞가슴에서 내려 남긴 온기 만진다
장독대 널어놓은 고구마 말랭이 우물거리며
할머니 끓여놓으신 따뜻한 세숫물 찬바람 맞혀 식히면서
울 너머 새털구름 걸린 하늘 본다
새먹이 홍시 감나무 꼭대기에 대롱이 매달려

덥디 더웠던 지난 여름 스친다

윗방 갈색 횟대에 걸쳐놓은 시커먼 교복 또 다시 입고

작아져버린 모자 가방 가운데 쑤셔 넣고

나락걷이 끝난 휑 뚫린 논바닥 가로지른다

또 그렇게 할아버지 산소 지나

읍내 학교로 가는 길

한 걸음 한 걸음 운동화 코 쪽빛으로 젖는다

저만치 먼저 가는 뒷집 누이

엉덩이 볼 때마다 커가고 허리 잘룩해진다

빳빳하게 풀 먹인 교복 깃 늘 목련 꽃잎처럼 하얗다

언제나 내게 참으로 다정했던 누이

내 도회지 떠날 때 단 한번 얼굴 스쳐보았던 누이

내 손 꼭 잡아주었던 누이

이제 누이 이름마저도 잊은 시간 흐르고

다시 누이는 내 기억의 어렝이에

온기로 남는다.

편린(片鱗) 4-1
– 집으로 가는 길

얇은 나무판 차곡차곡 덧대어 만든 플랫폼 지붕
아침이슬 마르면
어머니 손 놓고 시골집 가는 기차에 오릅니다
요란한 경적 소리와 뿜어내는 증기 사이
희미해져 가는 어머니 모습.

기차는 이내 눈 시리도록 푸른 하늘 안고 떠납니다
차창 너머
오르락 내리락
전기줄이 그네를 탑니다
그 사이로 이따금 구름 풀어헤친 하늘과
푸르름 다투는 들녘
들어왔다 이내 나가고 또 들어왔다 이내 나갑니다.

봉창에 몇 번 접어 넣은 꼬깃한 지폐
퀴퀴한 열차 사이를 달캉대며 오가는 홍익회 과자수레
한참이나 잡아둡니다
이내 멋적은 웃음으로 그냥 보내고
또 그 달캉대는 소리 들려오면
몇 번이고 다시 봉창에 손 넣고
만지작거려보는 그 지폐.

천장엔 동심원 따라 도는 동그란 선풍기

연신 덜덜거립니다

급행열차 먼저 보내려

간이역에 서있는 더위 식히기엔

너무 힘겹습니다

가락국수 다시 내음 피어오를 즈음,

대전 지나

점심 무렵 멈춰선 열차

거기 내려 이제 집으로 갑니다.

편린(片鱗) 4-2
– 집으로 가는 길

내리쬐는 햇볕
아지랑이로 만든 따가운 바늘 되어
누런 황토 위로 쏟아내고
조붓한 길 옆 풀섶 개구리 놀라
논으로 뛰어드는 소리 있습니다.

기차역에서 오리(五里) 남짓한 시골집.
야트막한 관목 곁을 따르는 산길 제일 빠르고.
자갈이 아무렇게나 나뒹구는 신작로 조금 먼 길.
어쩌다 자동차라도 지나가면 흙바람이 온 길 뒤덮
습니다
할아버지 따라 장에 갈 때만 따라가는 길
희뿌연 흙먼지일 때
할아버지는 주름진 손을 코와 입에 대시고 움직이지도
못하십니다
그래도 장에 가실 때 할아버지는 꼭 이 길로 다니십니다.
양촌이라는 마을을 끼고 들어가는 다져진 길도 있습
니다
그 길가에 방앗간 옆 빨간 양철 지붕 얹은 누이네 집
지붕은 늘 색이 바래 보기 흉했지만
난 머리가 커진 어른이 되어서 시골집 갈 때에도

꼭 양촌 마을 지나서 갑니다.

거기 이미 누이가 살지 않는 집
그래도 꼭 한번 그 집 앞을 지나갑니다
그리고 사각 소반만 한 유리를
위에만 4장 끼운 미닫이문 물끄러미 바라봅니다
뿌옇게 먼지 앉은 유리 사이로
아무것도 보이지 않고
그 미닫이 문
비오는 날 자동차들이 흩튀어 놓은
크고 작은 진흙덩이만이 무심하게 늘어 붙어 있습니다
그리고
내 서성이는 마음도 거기 한 곁에 있습니다.

차가운 회색 콘크리트 사이로 노을이 지면
'집으로 가는 길'은 그저 기억으로만 남고
또 그 기억마저
시간이라는 여러 겹의 누적층 속에서
점차 희미해져 가고 있다는 걸
바람결에 느끼면
때로 소스라치게 놀라곤 합니다.

편린(片鱗) 5-1
– 강가에서

밤새 장대비 조그만 유리창 시끄럽게 두드리고 나면
페인트 칠 아무렇게나 벗겨진 창틀엔
여전히 빗물 흥건히 고여 있습니다
아침 하늘 유난히도 맑고
구름도 온 데 간 데 없었습니다.

집에서 오리(五里)나 되는 샛강 물이 불고,
물고 튼 논에는 연둣빛 개구리밥 이리 저리 뭉쳐
누런 흙탕물 위로 동동 떠내려 들어갑니다
아이들과 삼태기 끼워 놓고 송사리 뜨던 기억
조급한 마음에 개구리밥 한 뭉텅이 걷어낼 때
손을 간지르는 송사리들의 놀람들
그리고 손등에는
연둣빛 개구리밥 몇 잎 남습니다.

매해 거기 샛강에서 멱 감다 죽은 아이들 이야기
할머니 마음에는 늘 무거움으로 남아
행여 싸리문 밖 나서면
"샛강에 가지 마라"
그 말씀 언제나 내 등 뒤에 남았습니다.
함석을 이리 저리 펴서

여러 덧겹에 못 박아 만든 광문
쪽 닳아
애써 힘주어 열어야 합니다
그 문 빼꼼이 열고 들어가면
아침 햇살이 어느샌가 따라 들어오고
컴컴한 광속에 작년에 해다 놓은 마른 장작더미
어슴프레 아직 내 키보다 높게 보입니다.

한 곁에서
나는 빨갛게 녹이 슬어버린 철사 조각
시커멓고 벌겋게 된 조막손으로
우물가에 짝 맞춰 놓은
빨래판 돌 사이에 철사 끼우고
이리 돌리고 저리 돌려
참게 잡는 갈고리 만들기도 하였습니다.
그렇게 만든 풍신나지도 않은 갈고리
바라보는 흐뭇한 표정
콧등엔 이슬처럼 송글송글 땀방울이 맺힙니다.

담장마다 넘어오는 한 무더기 수국
동네 아이들과 함께

꽃잎들 맥없이 톡톡 건드리며
떡감다 죽은 아이들 묻은 공동묘지 송림 지나
조붓한 논둑길 따라
또 할머니 몰래 샛강으로 갑니다.

편린(片鱗) 5-2

— 강가에서

샛강 이르면
파랗게 풀 돋은 둑방 한쪽
크고 작은 검정 고무신 나란히 벗어놓고
하나씩 둘씩 강으로 들어갑니다
쩍쩍 소리 내는 진흙
한 발 내딛으면 한 발 붙잡고,
또 한 발 간신히 꺼내어 내딛으면
또 한 발 붙듭니다.

아이들은 진흙에 숭숭 뚫린 구멍마다
걷어올린 소매가 다 젖도록
손도 넣어보고 갈고리 꼬챙이 넣어봅니다
집게에 까만 털이 송송 난 참게
반쯤 올라오다 다시 들어가고
또 반쯤 올라오다 다시 들어갑니다.

어쩌다 구멍에서 가느다란 실뱀이라도 튀어나오면
호들갑 떠는 아이들
새참 나르던 아주머니들
그걸 보고 웃다가 그만
정수리 또아리 틀고

제3부 • 꿈

하나 되도록 머리에 인
새참 된장국물 흘리고 맙니다.

강 아래
대나무 마디마디 그대로 불거져 있는
이웃집 할아버지의 낚싯대
찹쌀 섞어 만든 콩알 떡밥
강물에 던지는 소리
잊을 만하면 한번씩 투명하게 멀리서 들려옵니다
그 할아버지
얼굴에 깊게 패인 주름만큼이나 긴 시간
매일 그렇게 거기서 낚으셨고
우리의 옷 후지르는 시간
거기 아직 남아 있습니다.

편린(片鱗) 6-1
– 앙장(仰帳) 걷고 나와 별을 헨다

늘 말수가 적으시던 할아버지
얇디얇은 일력(日曆) 뒷장에
흥정하실 물건 빼곡히 적으시면
코 접어 부서진 왕골 중절모 쓰시고
관목이 허리 곁에 오는 야트막한 뒷산을 너머
폴삭 폴삭 흙 먼지 이는 신작로 따라
읍내 장터로 가신다.

누렁이는 할아버지 뒤 졸졸 따라가다
철도 길 앞에서 기차 화통 소리에 놀라 냅다 도망치고
서울 가는 기차는 요란한 소리만 남긴 채
꼬리 문 뱀처럼 멀어진다.

닷새만에 한 번
누런 광목 천막이 가득한 장터.
여기저기서 들려오는 부산한 외침과 이야기들
대패질도 안된 거친 사과상자 위
한여름 폭양(曝陽)에 그을은 아버지들의 땀방울
얹혀 있습니다
쪼그려 앉은 어머니들 광주리마다
들판 한 가운데 놓인 고단한 삶의 궤적들 담겨 있다.

장터엔 왜 그렇게 예쁜 운동화들이 많을까?
장터엔 왜 그렇게 근사한 자전거가 많을까?
장터엔 왜 그렇게 갓 구워낸 양과자가 많을까?

대패로 깎아주는 호박엿,
뒤돌아서 쳐다보면
절경절경 가위질 소리 멀어지고
장난기 어린 손가락으로 콕콕 질러본 자반고등어
그 비릿한 냄새 집까지 딸려보낸다.

편린(片鱗) 6-2
– 앙장(仰帳) 걷고 나와 별을 헨다

짚으로 모래 섞어 척기(滌器)한 놋 제기들
과접(果楪)엔 머리 저며 뽀얀 속살 드러낸 과일
제 살에 얇은 대나무 끼워져 괴이고
하루 내 부엌 바닥에서 부침개 부치신 할머니의 고단함
전접(煎楪) 끝으로 내려앉는다.

뿌연 물속에서 한 됫박 밤 치신 어머니 하얗게 불은 손
숙채(熟菜) 버무리실 때
손톱 끝마다 장(醬) 닿아 아리다
편틀(餠楪)에 올린 떡
아직도 모락모락 김이 오르고
물 뺀 식혜는 여섯 쪽 실 대추가 수놓아지고
내일 내 도시락 반찬이 될 넓적한 산적
적틀(炙楪)에 올려져 있다.

총총한 별이 선다
신주는 하나 씩, 둘 씩 독개 열리고
엊저녁 할머니 은장도로 곱게 깎은 향나무 조각
향안(香案)위 향합(香盒)에서 나와
제 몸 사르며
까만 교의(交椅)에 기대

제3부 · 꿈

어두운 밤공기로 흩는다
모사기(茅沙器)에 세 번 제주(祭酒) 부으신 할아버지
도포 자락에서 꺼내신 제문(祭文)에 촛대 가져다
대라 하신다.

멀리 또 기차 지나가는 소리 이어진다
반갱기(飯羹器) 뚜껑 열면
조르르 촛농처럼 흘러내리는 이슬
메(飯)와 시접(匙楪)에 삽시정저(揷匙正箸) 하신 할아버지
배례 마친 나는 앙장(仰帳)을 걷고 나와
하현달 곁 흐르는 별 헨다.

하얗게 타버린 재

쉬이 가기 서운해
추적추적 흩뿌리는 늦은 봄비 뒷자락
사각 회색 도시의 호흡 차곡차곡 접어
바랑처럼 어깨에 멘다
때로는 듬뿍 찍은 먹물처럼
때로는 먹물에 퍼진 물처럼
농담(濃淡) 수묵화 속
산과 들 사이 길 한참 달렸습니다.

이앙기(移秧機) 소리 따라가는
주름진 농부의 분주한 뒷모습이 있습니다
희뿌연 안개비 따라
제 몸의 희뿌연 색 다시 섞는
산자락 밑 농가의 장작 타는 연기가 있습니다
파란 풀들 사이로
또 파란 풀이 비집어 돋아나고
돌아 나온 젖은 산자락 앞에
또 다시 흩어져 있는 낯선 산자락.

비 내려 패인 자리
개구리 소리 회돌이로 한참을 머물고

제3부 • 꿈

어둠이 타는 장작 속으로 밀려듭니다
그 개구리 소리와 자리 바꿔
누이 죽고 매부 죽었다 곡(哭)하는
산비둘기 소리 뒤를 따릅니다.

꿩이 "꿩"하고 운다는 이야기
못내 믿지 못하는 망설임.
귓볼 녹일 듯 들릴 듯 속삭임.
술 취해 망각의 혼을 부르는 저린 가슴앓이
울어도 울어도 다 씻어 내리지 못하는 고단한 시간들
등 뒤로 남는 서성임.

비가 그치고
희붐한 새벽이 올 때까지
밤새워 장작불 타고 남은 하얀 재 사이사이마다
멈춰서 버린 시간들
시간이 단층처럼 쌓이고 쌓입니다
하루의 기억 또 다른 망각이 되고
여린 숨소리 하얀 재 속에 남습니다.